내가 마녀였을 때

When I Was a Witch

내가 마녀였을 때

샬럿 퍼킨스 길먼 지음 | 김혜림 옮김

작가 소개

샬럿 퍼킨스 길먼(1860~1935)은 여성의 권리, 특히 경제와 가정생활에서의 평등을 옹호한 미국의 작가, 강연자, 사회 개혁가이다. 길먼은 가부장제, 의학, 종교, 도덕 등으로 포장된 권위의 진짜 얼굴을 끈질기게 의심했고, 그에 맞서는 여성의 상상력과 분노를 이야기로 풀어냈다. 길먼의 작품은 페미니즘 문학에 큰 영향을 미쳐 왔으며, 성별 역할과 사회 구조에 대한 진보적인 사상은 오늘날까지 연구되고 있다.

길먼의 가장 유명한 작품인 〈누런 벽지The

Yellow Wallpaper〉는 억압적인 치료를 강요당한 한 여성이 겪는 정신적 붕괴를 다루며, 여성의 자율성 박탈이 내면에 미치는 영향을 탐구한 자전적 단편 소설이다. 이 책에 실린 또 다른 작품인 〈내가 마녀였을 때When I Was a Witch〉는 한 여성이 뜻밖에 자신의 소원을 이루는 능력을 얻게 되어 사회의 불의를 바로잡으려 하지만, 예상치 못한 결과를 마주하게 되는 풍자적 단편 소설이다.

차례

작가 소개 ··········· 4

내가 마녀였을 때 ··········· 9

누런 벽지 ··········· 41

작품 해설 ··········· 87

일러두기
- 모든 주석은 편집자 주다.

내가 마녀였을 때

악마와의 그 일방적인 계약 속 조건을 알았더라면, 난 더 오랫동안 마녀로 지낼 수 있었을 것이다. 정말이다. 하지만 어떻게 알았겠는가? 그일은 그냥 예고 없이 일어났고, 똑같은 절차를 몇 번이나 시도해 봤지만 내가 다시 마녀로 변하는 일은 일어나지 않았다.

 그것은 10월의 어느 날 밤, 정확히는 30일 자정에 갑자기 시작되었다. 그날은 종일 찌는 듯 더웠고, 저녁에는 후덥지근하고 천둥이 칠 듯한 날씨였다. 바람 한 점 없었고, 집안은 제멋대로 작동하는 증기 라디에이터 때문에 찜통이었다.

더운 날씨와 난방기가 아니더라도 나는 속이 부글부글 끓어 열을 식히기 위해 옥상으로 올라갔다. 아파트 꼭대기 층에 살면 이런 장점이 있다. 엘리베이터 안내원을 만나지 않고도 걸어 나갈 수 있다!

뉴욕은 평소에도 울화가 치미는 일이 아주 많지만, 이날은 유난히 그런 일들이 한꺼번에 겹쳐 터졌다. 게다가 처음 겪는 일도 조금 있었다. 늘 그렇듯 고양이와 개 때문에 전날 밤에 잠을 설쳤고, 아침 신문은 평소보다 더 허위 기사로 가득했다. 시내에 나가면 내가 구독하는 신문보다 훨씬 많이 눈에 띄는 이웃집 신문은 오늘따라 더 외설적이었다. 먹으려던 크림은 크림 맛이 아니었고 달걀은 오래된 유물 같았다. 새로 산 냅킨도 벌써 바닥을 보이기 시작했다.

난 여자니까 욕을 하면 안 된다. 하지만, 분명

히 내가 타겠다고 신호를 보냈는데도 기관사가 무시하고 히죽거리며 지나갈 때는 참기 힘들었다. 지하철 차장이 내가 막 지하철에 올라타려고 할 때까지 일부러 기다렸다가 내 얼굴 앞에서 문을 쾅 닫아버렸을 때, 문이 닫힌다는 종소리가 울리기까지 몇 분 동안 닫힌 문 뒤에 무력하게 서 있었을 때, 나는 노새 몰이꾼처럼 욕을 퍼붓고 싶었다.

밤에는 더 심했다. 인파 속에서 사람들이 서로 등을 떠미는 꼴이라니! 사람들을 억지로 밀어 넣거나 밖으로 밀어내는 소몰이꾼 같은 차장들, 법은 아랑곳하지 않고 담배를 피우고 침을 뱉는 남자들, 톱날처럼 뾰족한 챙이 달린 커다란 모자를 쓴 여자들, 그리고 거기에 달린 깃털 장식과 위험한 핀이 주위를 휘젓는 모습이 마음을 더욱 불편하게 만들었다.

앞서 말했듯이 그날 나는 유난히 기분이 나빠 열을 식히려고 옥상으로 올라갔다. 머리 위에는 짙은 먹구름이 낮게 드리워져 있었고 번개가 여기저기서 위협적으로 번쩍거렸다. 굶주린 검은 고양이 한 마리가 굴뚝 뒤에서 살그머니 움직이더니 서글프게 야옹거렸다. 불쌍한 것! 화상을 입은 고양이었다.

뉴욕치고는 거리가 조용했다. 나는 몸을 살짝 숙여 길게 평행선처럼 반짝이는 불빛을 아래위로 훑어보았다. 시간을 넘긴 마차가 한 대 다가왔는데, 말이 너무 지쳐서 고개를 제대로 들지도 못했다.

그러자 마부가 수없이 반복해서 단련되었을 노련한 손짓으로 긴 채찍을 휘둘렀다. 불쌍한 짐승의 배 아래로 말려든 채찍이 쓰라린 상처를 남겼다. 내 몸이 떨릴 지경이었다. 불쌍한 말 역시 몸을 부르르 떨더니, 빠르게 걸어보려고 마구를 덜그럭거리며 애를 썼다. 나는 난간 너머로 몸을 기대고 극도의 악의로 가득 차 채찍을 쥔 마부를 노려보았다.

"간절히 원하건대," 나는 천천히 진심을 담아 중얼거렸다. "쓸데없이 말을 때리거나 다치게 하는 모든 사람이 오히려 그 고통을 느끼고, 말은 아프지 않기를!"

그렇게 말을 내뱉으니 속이 좀 시원하긴 했지만 그렇다고 어떤 결과를 기대했던 것은 아니었다. 마부가 다시 긴 채찍을 휘둘러 힘껏 내리쳤다. 곧이어 그는 양손을 들어 올리며 비명을 질렀다. 하지만 그때도 난 그게 무슨 일인지 생각해 보지 않았다.

앙상한 검은 고양이가 조심스럽게, 그러나 신뢰로 가득한 몸짓으로 내 치마에 몸을 비비며 야옹거렸다.

"가엾은 것," 내가 말했다. "불쌍한 야옹아! 너도 참 안됐구나!" 문득 악취를 풍기며 대도시에서 힘들게 살아가는 수천 마리의 굶주리고 쫓기는 고양이들이 가엾다는 생각이 들었다.

그런데 나중에 잠을 청할 때, 한밤의 고요함을

뚫고 그 가여운 고양이들의 날카로운 울음소리가 들려오자 이전의 동정심이 싸늘하게 식었다.
"도시에서 고양이를 키우려는 바보 같은 놈들!" 나는 화가 나서 중얼거렸다.

다시 한번 째지는 울음소리가 들려왔다. 잠시 멈췄다가 고막을 찌르는 울음소리가 이어졌다. 나는 폭발하듯 외쳤다. "이 도시의 고양이가 모조리 다 고통 없이 죽어버렸으면 좋겠어!"

갑자기 정적이 흘렀고 어느새 나는 고요하게 잠들었다.

다음 날 아침은 별일 없이 그럭저럭 지나갔다. 달걀을 먹기 전까지는 말이다. 게다가 그 달걀들은 비싸기까지 했다.

"내 잘못이 아니야!" 살림을 맡은 여동생이 말했다.

"응, 너도 어쩔 수 없는 거 알아." 나는 인정했다. "하지만 누군가는 해결해야지. 이따위 것을 파는 놈들이 오래된 달걀을 먹어봐야 해. 그리고 신선한 달걀을 내놓을 때까지 그들도 좋은 달걀을 먹지 못했으면 좋겠어!"

"그렇다면 그런 사람들은 달걀을 안 먹을 거야. 간단해. 대신 고기를 먹을 거야." 동생의 대답을 듣자 분노가 타올랐다.

"그래, 고기 먹으라고 해! 고기도 달걀만큼이나 끔찍하니까! 깨끗하고 신선한 닭고기를 먹어본 지 너무 오래되어서 어떤 맛이었는지 잊어버렸어!"

"냉동이어서 그래." 동생이 대답했다. 동생은 성격이 온화한 편이지만 나는 아니다.

"그래, 냉동식품!" 동생의 말을 자르며 쏘아붙였다. "원래는 우리한테 좋은 것 아니었어? 부족한 양을 메꾸고 공급을 일정하게 만들어 가격을 낮추는 거였잖아. 근데 지금 무슨 짓을 하고 있지? 시장을 독식하고, 일 년 내내 가격을 올리고, 모든 음식의 질을 형편없게 만들고 있어!"

분노가 치밀어 올랐다. "그런 놈들에게 복수

할 방법이 있으면 좋겠어!" 나는 소리쳤다. "법은 그들을 건드리지 않아. 하지만 어떻게든 저주를 받게 하고 싶어! 이 악랄한 사업으로 돈을 버는 사람들 모두 자기들이 파는 이 맛없는 고기, 오래된 생선, 상한 우유를 먹어야 해. 그리고 얼마나 비싼지 우리처럼 느껴봐야 안다고!"

"그럴 리 없다는 거 알잖아. 그 사람들은 부자니까."

"나도 알아." 나는 툴툴거리며 인정했다. "복수할 방법이 없어. 하지만 그럴 수 있었으면 좋겠어. 사람들이 자신들을 얼마나 싫어하는지 알고, 그 증오를 느꼈으면 좋겠어. 그들의 잘못된 방식을 고칠 때까지!"

출근길에 재미있는 광경을 목격했다. 쓰레기 수레를 모는 남자가 말의 재갈을 잡아 잔혹하게 홱 당기고 비틀었다. 그러다 놀랍게도 갑자기 손으로 자신의 턱을 때리며 앓는 소리를 냈고, 반면 말은 느긋하게 입맛을 다시며 그를 쳐다보았다.

남자는 말의 표정을 보고 분개한 듯 말의 머리를 내리쳤지만, 이내 자신의 정수리를 문지르며 놀란 듯 욕설을 내뱉었다. 그리고 누가 자신을 때렸는지 주위를 둘러보았다. 그동안 말은 한 발짝 앞으로 움직여 배추 이파리로 덮인 쓰레기통을 향해 주린 코를 뻗었다. 남자는 정신을 차리고 다시 주인 행세를 하며 욕설을 퍼붓고 말의 옆구리를 발로 찼다. 그러자 이번에는 창백해지며 휘청거리더니 그대로 주저앉았다. 나는 그 광경을 지켜보며 놀라움과 통쾌함이 솟아올랐다.

그때 시장 마차가 덜컹거리며 길을 지나갔다. 무뚝뚝한 표정의 불량해 보이는 젊은 마부가 아침 일과를 시작하려는 참이었다. 그가 고삐의 끝을 모아 쥐고 말의 등을 세차게 내리치자 찰싹 소리가 울려 퍼졌다. 하지만 말은 채찍질을 전혀 눈치채지 못했고, 오히려 그 젊은이가 비명을 질렀다!

나는 마부들 여럿이 흙과 자갈을 나르고 있는

현장을 지나갔다. 평소 같으면 채찍질 소리와 거친 구타 광경을 피해 서둘러 지나가던 곳인데, 오늘은 묘한 정적과 평화가 감돌았다. 남자들은 함께 잠시 이야기를 나누며 의견을 주고받는 듯 보였다. 믿을 수 없었다. 전차를 기다리며 경이로운 눈길로 그 광경을 바라보았다.

전차가 경쾌하게 달려왔다. 만차는 아니었다. 내가 말을 보느라 이미 놓친 한 대가 저 앞에 있었고, 지금 오는 것 뒤에 다른 전차는 없었다. 그런데 내가 거의 선로까지 나가서 우산을 흔들었는데도, 인상이 거친 전차 운전사는 멈출 생각도 하지 않고 흥얼거리며 지나갔다.

뜨거운 분노로 얼굴이 달아올랐다. "당신 같은 인간에게 어울리는 고통을 제대로 느꼈으면 좋겠어." 전차를 바라보며 악의에 차서 말했다. "전차를 멈추고 여기로 돌아와서 문을 열고 사과하게 만들고 싶어. 그런 못된 짓을 할 때마다 너희 모두에게 그런 일이 일어났으면 좋겠어."

그런데 정말 놀랍게도 전차가 멈추더니 뒤로 후진하여 앞문이 내 앞에 딱 오게 섰다. 전차 운전사가 문을 열었다. 그는 손을 뺨에 댄 채로 사과했다. "죄송합니다, 부인!"

나는 어리둥절하고 당황한 채로 전차에 올랐다. 과연 그럴 수 있을까? 내가 바랐던 일이 이루어진 걸까? 그렇게 생각하니 정신이 번쩍 들었지만 나는 쓴웃음으로 그 생각을 일축했다. "그런 행운은 없어!"

맞은편에는 페티코트[1]를 입은 여자가 앉아 있었다. 내가 특히 싫어하는 종류의 사람이었다. 뼈와 근육으로 이루어진 진짜 몸이 아니라 소시지를 모아 놓은 울퉁불퉁한 살덩어리만 있는 사람 말이다. 스스로 만족하기 위해 요란하게 차려입고 무거운 가발과 부풀린 머리에 파우더와 향수, 꽃과 보석으로 잔뜩 치장한 모습이라니. 거

---

[1] 여성 속옷의 일종으로, 스커트 밑에 받쳐 입는 속치마.

기에 개까지 한 마리 데리고 있다.

불쌍하고, 가련하고, 작고, 인위적인 개. 살아 있긴 하지만 오직 인간의 거만함 덕분일 뿐, 신이 창조한 본연의 생명체는 아니다. 그 개는 옷을 입고 팔찌도 차고 있었다. 몸에 꼭 맞는 외투에는 주머니가 달려있고 손수건이 꽂혀 있었다! 아프고 불행해 보이는 개였다.

나는 개의 불쌍한 처지를 곱씹었다. 햇빛과 신선한 공기, 자유로운 움직임을 박탈당한 채 번식의 본능마저 통제되는 부자연스러운 삶을 사는, 목줄에 묶인 죄수들의 처지. 그것들은 그저 귀찮아하는 하인들에게 정해진 시간에 끌려 나와 거리를 더럽히는, 많이 먹고, 운동 부족에 신경질적이고 병약한 존재일 뿐이었다.

"그런데도 우리는 그들을 사랑한다고 말하지!" 나는 씁쓸하게 혼잣말을 했다. "개들이 울부짖고 미쳐버리는 것이 당연해. 인간만큼 많은 질병을 앓고 있는 것도 당연하고! 바라건대……." 여기서 일축했던 생각이 다시 떠올랐다. "도시의 모든 불행한 개들이 한꺼번에 죽었으면 좋겠다!"

나는 맞은편에 있는 슬픈 눈망울의 작은 개를 조용히 지켜보았다. 갑자기 그 개가 고개를 떨구더니 숨을 거두었다. 여자는 개가 죽었다는 사실을 내릴 때까지도 알아채지 못하다가 그제야 소란을 피웠다.

저녁 신문에는 그 기사가 가득했다. 갑작스러운 전염병이 개와 고양이를 덮친 것처럼 보였다. 붉은색 글씨의 머리기사가 눈에 띄었고, 칼럼은 '반려동물'을 잃은 사람들의 불만, 갑작스레 늘어난 보건 당국의 일, 그리고 의사들의 인터뷰로 채워졌다.

온종일 사무실에서 업무를 처리하는 동안 이 새로운 능력에 대한 기묘한 감각이 이성과 상식에 부딪히며 내 안에서 갈등을 일으켰다. 몇 가지 시험적인 '소원', 예를 들면 쓰레기통이 넘어지기를, 잉크병이 저절로 채워지기를 빌었지만 이루어지지 않았다.

나는 이 생각을 완전히 터무니없는 헛소리라고 치부했다. 그런데 신문을 보고, 또 사람들에게 더 심한 이야기를 듣고는 생각이 바뀌었다. 그래도 그 순간 결심했던 한 가지는 아무에게도 말하지 않겠다는 것이었다.

"내가 말해도 아무도 믿지 않을 거야." 나는 혼자 중얼거렸다. "괜히 입방아 거리를 줄 필요가 없지. 어쨌든 고양이와 개는 물론이고 말에게도 소원이 통했잖아."

그날 오후에 나는 말들이 일하는 모습을 지켜보면서 그들이 겪는, 우리가 다 알 수 없는 고통을 생각했다. 도시의 비좁은 마구간, 나쁜 공기, 부족한 먹이, 습하고 얼어붙은 날씨 속 아스팔트 도로 때문에 겪는 지속적인 피로감 등을 하나하나 떠올렸다. 그리고 다시 한번 말들을 위해 소원을 빌어보기로 결심했다.

"바라건대," 나는 천천히 조심스럽게, 그러나 확고한 의도를 가지고 말했다. "모든 말 주인, 관리인, 고용주, 마부 또는 기수 누구라도, 말이 우리 손에서 학대받을 때 느끼는 고통을 똑같이 느끼기를 바라. 문제가 해결될 때까지 뼛속 깊이 지속적으로."

이 소원이 이루어졌는지 바로 확인할 방법은 없었다. 그러나 그 영향이 워낙 크고 전반적이어서 곧 사람들의 입에 오르내리게 되었다. 그리고 이 '새로운 인도주의의 물결'로 도시에서 말의 위상이 높아졌다. 게다가 말의 마릿수도 줄어들기 시작했다. 사람들이 자동차를 선호하기 시작했고, 이는 매우 좋은 일이었다.

이제 확신이 들었다. 그러나 그 확신을 누구에게도 말하지 않고 홀로 간직했다. 나는 힘과 쾌감을 만끽하며 그동안 마음속에 간직했던 원한의 목록을 작성하기 시작했다.

"조심해야 해." 나는 스스로 다짐했다. "극도

로 조심해야 한다고. 그리고 무엇보다 중요한 건, 잘못에 맞는 처벌이어야 해."

그다음 머릿속에 떠오른 것은 지하철 인파였다. 어쩔 수 없이 혼잡한 상황에 낀 사람들도 있지만 그런 혼잡을 만드는 사람들도 있다. "아무나 벌주면 안 되지, 어쩔 수 없는 사람들은 제외해야 해."라고 나는 혼잣말을 했다. "하지만 순전한 악의라면 벌을 받아야지!" 그런 다음 나는 멀리 있는 주주들, 좀 더 가까운 경영진, 지나치게 눈에 띄는 관리들과 무례한 직원들을 차례로 떠올렸고 곧바로 행동에 들어갔다.

"이 힘이 지속되는 동안 잘 해내야겠어."라고 속으로 되뇌었다. "책임이 무겁긴 해도 엄청 재미있는걸." 그래서 나는 소원을 빌었다. 지하철의 그 끔찍한 혼잡에 책임이 있는 모든 사람이 출퇴근 시간마다 어떤 신비한 힘에 끌려서, 끝없이 지하철을 타고 오르내리기를!

이 실험을 흥미롭게 지켜봤지만 아무리 봐도

별다른 차이가 보이지 않았다. 군중 속에 옷을 잘 차려입은 사람들이 약간 더 많아진 것 같긴 했지만, 그게 전부였다. 그래서 나는 지하철 혼잡은 대부분 일반 대중의 책임이며, 우리는 자신도 모르게 일상적인 벌을 받고 있다고 결론을 내렸다.

불친절한 차장들에 대해서, 그리고 열차가 막 도착했을 때 발을 동동 구르는 사람들에게 일부러 천천히 잔돈을 부족하게 거슬러 주는 눈속임꾼 매표원들에 대해, 단지 이렇게 소원을 빌었다. "그들이 피해자가 느끼는 고통을 똑같이 느꼈으면 좋겠어. 진짜로 다치지는 말고." 아마도 그 소원 역시 이루어진 것 같다.

그런 다음 이와 비슷한 일이 모든 종류의 기업과 공무원들에게도 일어나기를 바랐는데 효과가 있었다. 놀라울 정도였다. 갑자기 전국적으로 양심이 부활했다. 마치 성경에서 마른 뼈들이 생기를 얻어 일어나는 것처럼 죽었던 양심이 되살

아났다. 이사회는 이미 가지고 있던 골칫거리들에 더해 갑자기 도덕성에 민감해진 주주들이 퍼붓는 수많은 문의를 해결해야 했다.

공장, 조폐국, 철도에서도 상황이 나아지기 시작했다. 전국이 떠들썩해졌다. 신문은 이 소식들을 대서특필해서 돈을 벌었고, 교회는 나서서 이 변화를 자신들의 공으로 돌렸다. 나는 이에 분노하여, 잠시 고민 끝에, 모든 목사가 자신이 믿는 바를, 그리고 교인들에 대해 어떻게 생각하는지 정확하게 설교하기를 바란다는 소원을 빌었다.

다음 주 일요일에 나는 교회 여섯 곳을 방문했다. 교회마다 10분씩 두 번의 예배에 참석했다. 더할 나위 없이 재미있었다. 그 즉시 수많은 설교자들이 퇴출되고 매주 다시 채워지고 퇴출되는 일이 반복되었다. 사람들이 교회에 가기 시작했다. 대부분 남성들이었고, 여성들은 좋아하지 않았다. 여성들은 지금까지 목사가 자신들을 존중한다고 생각했는데 사실은 그렇지 않았다는 걸

깨달았기 때문이다.

　내가 오래도록 못마땅하게 생각했던 것 중 하나는 침대차 철도 회사 사람들이다. 이제 그들에 대해 생각하기로 했다. 얼마나 자주 내가, 수천 명의 다른 사람과 마찬가지로 애써 미소 지으며 참아냈던가. 그것은 무기력한 순응이었다.

　철도는 공공 교통수단이고 우리는 어쩔 수 없이 상당한 금액의 교통비를 지불하며 이용해야 한다. 그런데 낮 동안 침대칸에 머물고 싶으면 침대칸에 앉을 수 있는 특권을 위해 2달러 50센트를 더 내야 한다. 승차권을 구매할 때 이미 일반 좌석에 대한 비용을 지급했는데도 말이다. 그리고 기존에 샀던 일반 자리는 다른 사람에게 판매된다. 즉, 한 자리를 두 번 파는 것이다! 24시간 동안 밤에는 가로 0.9미터, 세로 1.8미터, 높이 0.9미터 공간을, 낮에는 좌석 하나를 제공하고 5달러를 받는다. 침대차 한 량당 이런 자리가 24개가 있으니 하루에 120달러를 버는 셈이다. 승

객은 그 외에 짐꾼에게 삯을 주어야 한다. 계산하면 1년에 44,800달러나 된다.

침대차를 만드는 데 비용이 많이 든다고 한다. 호텔도 마찬가지지만 그렇게 비싼 요금을 받지는 않는다. 이제 어떻게 앙갚음을 할 수 있을까? 어떤 방법으로도 수백만 명의 주머니에 돈을 돌려줄 수는 없겠지만, 이 부당한 관행을 멈출 수는 있을 것이다.

그래서 나는 다음과 같이 소원을 빌었다. 이 부당한 이익을 얻은 모든 사람이 뼈저리게 수치심을 느껴 공개적으로 시인하고 사과하며, 부분적인 보상 방법으로 무료 철도 사업을 장려하기 위해 자신의 재산을 내놓았으면 좋겠다고 말이다.

그러다 앵무새가 떠올랐다. 내 분노를 다시 불태우기에 마침 적당했다. 책임을 따지고 그에 따른 벌을 조정하려고 애쓰면서 화가 좀 가라앉는 중이었기 때문이다. 하지만 앵무새라니! 앵무새를 키우고 싶은 사람은 자신이 좋아하는 그 수다

쟁이를 데리고 섬에 가서 혼자 살아야 한다!

우리 집 바로 맞은편 집에는 커다랗고 엄청나게 시끄러운 앵무새 한 마리가 있었다. 그 녀석은 주변 소음에 쓸데없고 귀에 거슬리는 울음소리를 더할 뿐이었다.

내 숙모 한 분도 앵무새를 키우고 있었다. 외동딸로 태어나 재산을 물려받은 숙모는 부유하고 과시욕이 강한 분이었다. 조셉 삼촌이 꽥꽥거리는 그 새를 아주 싫어했지만, 마틸다 숙모에게는 상관없는 일이었다.

나는 이 숙모를 싫어했다. 게다가 내가 돈 때문에 굽신댄다고 생각할까 봐 찾아가지도 않았다. 하지만 이번에 소원을 빌고 난 뒤에 저주가 작동할 시간에 맞추어 들러보니, 복수가 제대로 이루어졌다. 불쌍한 조셉 삼촌은 그 어느 때보다 야위어서 힘없이 앉아 있었고, 너무 익어 물러버린 자두 같은 숙모는 만족한 표정이었다.

"꺼내줘!" 앵무새 폴리가 불쑥 말했다. "나가

서 산책할래!"

"아이고 똑똑한 녀석!" 마틸다 숙모가 말했다. "전에는 이런 말을 한 적이 없었는데."

그녀는 새를 꺼내주었다. 그러자 새가 샹들리에 위로 날아올라 크리스털 장식들 사이에 안전하게 앉았다.

"넌 정말 늙은 돼지야, 마틸다!" 앵무새가 목청을 높였다.

숙모가 벌떡 일어났다. 당연했다.

"돼지로 태어나 돼지로 훈련받았어! 태어나기도 길러지기도 돼지야!" 앵무새가 말했다. "돈 때문이 아니라면 아무도 너를 참아주지 못해. 그나마 참아주는 건 오랫동안 인내심으로 버텨온 네 남편뿐이야! 그도 욥[2]만큼의 인내심이 없었다면 못 버텼을 거야!"

"닥쳐!" 얼굴이 시뻘게진 마틸다 숙모가 고함

---

2 기독교 성경 속 인물.

쳤다. "거기서 내려와! 이리 와!"

폴리가 고개를 갸웃 움직이니 크리스털 장식들이 짤랑거렸다. "앉아, 마틸다!" 앵무새가 경쾌하게 말했다. "잘 들어. 넌 뚱뚱하고 못생기고 이기적이야. 넌 주변에 있는 사람들에게 골칫거리일 뿐이야. 넌 이전보다 나를 더 잘 먹여주고 돌봐주어야 해. 그리고 내가 하는 말을 잘 들어야 해, 돼지야!"

다음 날 앵무새를 키우는 다른 사람을 방문했다. 내가 들어가자 그녀는 새장을 천으로 덮었다.

"이거 치워!" 앵무새가 말하자 그녀가 하는 수 없이 천을 벗겼다.

"다른 방으로 갈까요?" 그녀가 긴장한 목소리로 내게 물었다.

"여기 있는 게 좋을 거야! 가만히 앉아, 가만히 앉아!" 그녀는 앵무새가 말하는 대로 가만히 앉았다.

"네 머리카락은 대부분 가짜잖아." 예쁜 앵무

새가 말했다. "치아도 그렇고 몸매도 그렇고. 넌 너무 많이 먹고 게을러. 운동 좀 해. 아는 것도 없고. 이 숙녀분 뒤에서 험담한 것을 사과하는 게 좋을 거야! 내 말 들어."

그날부터 앵무새 거래량이 뚝 떨어지고 앵무새를 찾는 사람이 없다고 했다. 다만 앵무새를 키우던 사람들은 별수 없이 계속 키웠다. 앵무새는 오래 사니까.

따분한 사람들도 내가 오래전부터 깊은 반감을 가졌던 일종의 범죄자들이었다. 이제 나는 손을 비비며 이들에 대해 간단한 소원을 빌기 시작했다. 이 사람들 때문에 지루함을 느끼는 모든 사람이 그들에게 지겹다고 사실대로 말하기를 바랐다.

특히 염두에 둔 남자가 하나 있다. 그는 한 유쾌한 클럽에서 회원 가입을 거부당했음에도 계속해서 그 클럽에 갔다. 뭐라고 하는 사람이 아무도 없으니 회원이 아닌데도 그냥 멋대로 다녔다.

그 후 상황이 아주 재미있었다. 바로 그날 밤 모임에 그가 나타나자 참석한 사람들 거의 모두가 그에게 어떻게 이곳에 왔는지 물었다. "당신은 회원이 아니잖아요, 알다시피."라고 그들이 말했다. "왜 끼어들지요? 당신을 좋아하는 사람은 아무도 없는데요."

어떤 사람들은 그에게 조금 관대했다. "남을 좀 더 배려하는 법을 배우고 진정한 친구를 사귀는 게 어때요?" 또는 이렇게 조언을 건넸다. "당신을 반겨주는 진짜 친구 몇 명을 사귀는 것이 여러 사람에게 민폐를 끼치는 것보다 더 좋을 거예요."

어쨌든 그는 그 클럽에 다시는 얼굴을 비추지 않았다. 나는 정말 우쭐해지기 시작했다. 식품업계는 이미 뚜렷한 개선이 있었고, 교통 분야도 마찬가지였다. 부당하게 이익을 챙긴 모든 자들의 원인 모를 고통으로 촉발된 개혁을 향한 소요가 날이 갈수록 거세졌다.

신문들은 이 모든 상황을 기사화하여 번창했다. 그리고 내가 혐오하면서도 눈길을 떼지 못하는 신문사의 시끄러운 항의를 지켜보던 중, 문자 그대로 번뜩이는 생각이 떠올랐다.

다음 날 아침 나는 일찍 시내로 가서 사람들이 신문을 펼치는 모습을 지켜보았다. 내가 아주 싫어하는 신문은 부끄럽게도 인기가 많았고, 이날 아침에는 더더욱 그랬다. 신문 맨 위에는 금색 글자로 다음과 같이 인쇄되어 있었다.

- 광고, 사설, 기사 또는 기타 모든 칼럼에 실린 의도적인 거짓말 – 주홍색
- 악의적인 내용 – 진홍색
- 부주의하거나 무지한 실수 – 분홍색
- 소유주의 직접적인 이익을 위한 기사 – 진한 녹색
- 신문을 팔기 위한 미끼 – 밝은 녹색
- 1차 또는 2차 광고 – 갈색

- 선정적이고 자극적인 기사 – 노란색
- 돈을 받고 쓰여진 위선적인 글 – 보라색
- 유익하거나 교육적이거나 즐거움을 주는 내용 – 파란색
- 진실하고 필요한 뉴스와 정직한 사설 – 일반 글씨

이렇게 조각보처럼 알록달록한 신문은 본 적이 없었다. 며칠 동안은 신문이 날개 돋친 듯 팔렸지만 곧 실제 매출이 감소했다. 신문사는 이 현상을 중단하고 싶어도 그럴 수 없었을 것이다. 신문이 인쇄소에서 나올 땐 멀쩡해 보였다가 오직 진짜 독자들에게만 색상 체계가 모습을 드러냈기 때문이다.

이 현상을 일주일 정도 지속시켰더니 얼떨결에 덕을 본 다른 신문사들이 엄청나게 좋아했다. 나는 한꺼번에 다른 신문사들에도 같은 효과를 적용했다. 그 결과 신문 읽기가 한동안 매우 흥미진진했지만, 신문업 전체의 판매량은 감소했

다. 신문 편집자들도 그렇게 색색으로 표시되는 기사를 계속 시장에 내놓을 수는 없었다. 칼럼마다 페이지마다 파란색과 검정으로 인쇄된 내용이 늘어났다. 작지만 참신한 일부 신문은 파란색과 검은색으로만 인쇄되어 나오기 시작했다.

덕분에 꽤 오랫동안 재미있고 행복해서 다른 일에 화내는 것도 잊을 정도였다. 신문에 진실이 보도된 것만으로 모든 업계에 변화가 일어났다. 마치 우리가 어떤 사실을 제대로 알지 못한 채 일종의 망상 속에 살았던 것처럼 보일 정도였다. 진실을 접하자마자 사람들은 매우 다르게 행동하기 시작했다.

내 모든 즐거움을 끝낸 것은 여성이었다. 내가 여자이기 때문에 자연스럽게 여성에게 관심이 많았고, 남자보다 더 명확하게 볼 수 있는 것들이 있었다. 여성에게 깃든 진정한 힘과 위엄, 그리고 세상에서의 막중한 책임이 보였다. 그런데 여성들의 옷차림과 행동 방식이 나를 미칠 듯 화나게 했다. 마치 대천사들이 유치한 놀이를 하거나, 살아 있는 진짜 말이 흔들 목마로만 사용되는 걸 보는 것 같았다. 나는 그들을 바로잡기로 마음먹었다.

어떻게 하면 좋을까! 무엇을 먼저 건드릴까! 여자들의 모자—그 꼴불견이고 터무니없이 요란한 모자가 가장 먼저 떠올랐다. 어이없이 값비싼 그들의 옷차림, 탐욕과 유치함을 드러내는 조잡한 구슬과 장신구는 대부분 부유한 남자들에 기대 사는 여자들의 모습이었다.

그러다 나는 다른 여성들을 떠올렸다. 대다수를 차지하는 진정한 여자들. 이들은 하녀만큼의 월급도 받지 못한 채 하녀의 일을 묵묵히 하고, 집안일에 매여 고귀한 모성의 의무를 소홀히 할 수밖에 없었다. 지상에서 가장 위대한 힘을 가졌지만, 눈이 가려지고 쇠사슬에 묶여 배우지 못한 채 쳇바퀴 속에서 살고 있었다. 그들이 과거에 한 일이 아니라 앞으로 무엇을 할 수 있을지를 생각하니 분노와는 거리가 먼 무언가로 가슴이 부풀어 올랐다.

나는 온 힘을 다해 소망했다. 여성, 세상의 모든 여성이 마침내 '여성다움'의 진정한 의미, 다시 말해 그 힘과 자부심과 삶의 자리를 깨닫기를, 이 세상의 어머니로서 그들이 해야 할 의무—살아 있는 모든 이를 사랑하고 돌보는 일, 남자들을 향한 그들의 비루함을 알아채기를, 최선의 것만을 선택하고 더 나은 존재를 낳고 기를 의무, 인간으로서 그들의 의무를 인식하고 완전한 삶과 일과 행복 속으로 당당하게 나아가기를 간절히 바랐다.

나는 멈추었다. 반짝이는 눈으로 숨을 몰아쉬었다. 떨리는 마음으로 무슨 일이 일어날지 기다렸다.

아무 일도 일어나지 않았다.

알고 보니, 내게 내려진 이 마법은 '흑마법'이었다. 내가 선의를 담은 '백마법'을 빌었으니 전혀 효력이 없었다. 설상가상으로 그동안 잘 이루어졌던 다른 모든 소원마저 효력이 멈춰버렸다.

아, 그 근사한 벌들이 영원하기를 빌어야 했는데! 할 수 있을 때 더 많은 일을 해야 했는데! 내가 마녀였을 때 그 특권의 진가를 절반만이라도 알아봤어야 했는데!

누런 벽지

존이나 나 같은 평범한 사람이 여름을 나기 위해 오래된 저택을 빌리는 일은 아주 드물다.

 식민지 시대 양식의 유산으로 귀신이 나올 것 같은 이 집은 괴기 소설의 절정에 오를 만하지만 그건 지나치게 운명에 의존하는 일일 터다!

 어쨌거나 이 집에 뭔가 기이한 구석이 있다고 자신 있게 단언할 수 있다.

 그게 아니라면 이렇게 저렴하게 세를 줄 리가 없지 않은가? 게다가 왜 그렇게 오랫동안 비어 있었겠는가?

물론 존은 이런 나를 비웃는다. 하지만 결혼 생활에서 뭘 기대하겠는가?

존은 지극히 실용적이다. 신앙심은 참지를 못하고 미신은 아주 질색인 데다, 보고 느낄 수 있는 것, 숫자로 계산할 수 있는 것이 아니라면 어떤 얘기든 대놓고 콧방귀를 뀐다.

존은 의사고 어쩌면─이런 말은 당연히 어느 누구에게 입도 벙긋하지 않지만. 나는 어차피 죽은 종이에다 글을 쓰고 있으니까 아주 안심이 된다.─어쩌면 그래서 내 병세가 빨리 나아지지 않는지도 모른다.

남편은 내가 아프다는 걸 믿지 않는다!

그러니 어쩌겠는가?

명망 있는 의사인 남편이 친구들과 친척들에게 내게 정말 아무 문제가 없고 그저 일시적인 신경과민성 우울증─약간의 히스테리 경향─

이라고 장담한다면 누가 뭐랄 수 있겠나?

　친정 오빠 역시 명망 있는 의사인데, 오빠도 똑같이 말한다.

　그래서 난 인산염인지 아인산염인지 뭔지와 강장제를 복용하고, 외출하고, 바깥 공기를 쐬고 운동을 한다. 그리고 몸이 회복될 때까지 '일'은 절대 금지다.

　개인적으로 난 두 사람 생각에 동의하지 않는다. 내가 보기엔 하고 싶은 일을 하면 신도 나고 기분 전환도 되어 몸에 좋을 거라는 생각이 든다.

　하지만 어쩌겠는가?

　사실 두 사람이 뭐라고 하건 나는 한동안 글을 썼다. 들키면 엄청난 반대에 부딪힐 테고, 몰래 숨어서 글을 쓰자니 이만저만 피곤한 게 아니다.

　간혹 내가 처한 상황에서 간섭을 덜 받고 사람들과 자주 어울리며 뭔가 자극을 받으면 어떨까 상상해 본다. 그런데 존은 내게 제일 나쁜 게 바로 내 상태에 관해 생각하는 것이라고 한다. 솔직히 내가 어떤지 생각할 때마다 늘 기분이 나빠지는 건 사실이다.

그러니까 그 얘긴 접어두고 집에 관한 이야기나 해야겠다.

집은 더할 나위 없이 아름답다! 마을에서 3마일이나 떨어져 있고 도로에서도 한참 들어온 곳에 이 집 한 채만 외따로 서 있다. 산울타리와 담장과 걸어 잠글 수 있는 대문이 있고 정원사와 다른 식솔들이 사는 작은 별채가 많이 딸린 이 집은 책에서 읽었을 법한 영국식 저택을 떠올리게 한다.

정원도 더없이 매혹적이다! 이런 정원은 지금까지 본 적이 없다. 사방으로 난 오솔길로 측백나무가 늘어선 넓고 그늘진 정원에는 포도 덩굴이 길게 드리운 정자가 줄지어 서 있고, 그 아래에는 의자가 놓여 있다. 온실도 있었는데 지금은 다 망가졌다.

법적 분쟁도 어느 정도 있었을 텐데, 상속자니 공동 상속자들이니 말이다. 어쨌든 이 저택은 오랫동안 비어 있었다.

법적 분쟁이라는 말이 저택의 으스스한 분위기를 망쳐버릴까 걱정스럽긴 하지만, 뭐 상관없다. 이 집에는 이상한 점이 있고 나는 그걸 느낄 수 있다.

달빛이 비치는 어느 날 밤 존에게 이런 얘기를 꺼냈더니 존은 바깥바람이 들어와서 그런 거니 창문을 닫으라고 했다.

가끔 아무런 이유 없이 존에게 화가 난다. 지금껏 이렇게 예민했던 적이 없었다. 신경과민 때문에 그런 것 같다.

하지만 존은 내가 자기통제를 소홀히 해서 그런 거란다. 그래서 나는 나 자신을 통제하려고—적어도 존 앞에서는—안간힘을 쓰느라 진이 다 빠질 지경이다.

지금 침실은 전혀 마음에 들지 않는다. 나는 베란다가 딸린 아래층에 있는 방을 원했다. 창밖으로 장미가 흐드러지게 피어 있고 너무나도 예쁜 고풍스러운 꽃무늬 사라사 커튼이 걸린 그 방을! 하지만 존은 들은 체도 하지 않았다.

그 방엔 창문이 하나밖에 없고, 침대 두 개가 들어갈 자리도 없을뿐더러 혹시 자기가 다른 방에서 지내야 할 경우 쓸 만한 가까운 방이 없다는 것이다.

존은 무척이나 신중하고 다정해서, 자신이 특별히 지시하지 않는 한 내가 움직이지 못하게 한다.

내게는 매일 매시간 정해진 일과가 있다. 존은 내가 아무것도 신경 쓸 필요 없도록 다 알아서 처리해 준다. 그런 그를 소중하게 여기지 않는 건 배은망덕한 일이라는 생각이 든다.

그는 우리가 이곳에 온 이유가 오로지 나 때문이니까 내가 온전하게 휴식을 취하며 가능한 한 바깥공기를 많이 마셔야 한다고 했다. "여보, 체력이 있어야 운동도 할 수 있고, 식욕이 있어야 음식도 먹는 거지만, 신선한 공기는 언제든 맘껏 마실 수 있잖아." 그래서 우리는 맨 위층의 육아실을 침실로 정했다.

그 방은 거의 한 층 전체를 다 차지할 만큼 넓고 환기가 잘 된다. 사방으로 창문이 있어서 바람이 잘 통하고 햇빛도 원 없이 들어온다. 처음에는 육아실이었다가 나중에는 놀이방과 체육실로 썼던 게 분명하다. 어린아이를 위해 창문에 창살을 쳐놓았고, 벽 여기저기에 고리 같은 것들이 붙어 있기 때문이다.

페인트칠과 벽지의 상태는 꼭 남학교에서나 볼 법한 모습이다. 침대 머리 주변으로 내 손이 닿는 데까지 사방팔방 벽지가 큼지막하게 찢겨 있고 반대편 아래쪽도 같은 상태다. 이렇게 흉측한 벽지는 살면서 처음 본다.

정신없이 뻗어 나가는 무늬들 가운데 하나는

미학적 죄악의 총집합체다.

그 무늬는 단조롭기 짝이 없어서 따라가다 보면 어디를 보고 있는지 헤매게 되고, 너무 강렬해서 끊임없이 신경에 거슬리고, 대체 이게 뭔지 알아내고자 하는 충동을 일으킨다. 형체가 일그러져 알아보기 어려운 곡선을 조금만 따라가다 보면 느닷없이 터무니없는 각도로 급강하하여 듣도 보도 못한 모순 속에서 자멸해 버린다.

색깔도 역겹다. 거의 혐오스러울 지경이다. 칙칙하고 지저분한 누런색인데, 서서히 방향을 바꾸는 햇빛에 기이하게 색이 바랬다. 칙칙하지만 요란스러운 오렌지색을 띠는 부위가 있는가 하면, 토할 것 같은 유황색을 띠는 부분도 있다.

아이들이 끔찍하게 싫어했을 만도 하지! 이런 방에서 오래 살아야 했다면 나라도 끔찍하게 싫었을 것이다.

존이 오는 소리가 들리니 글 쓰던 걸 치워야겠다. 존은 내가 한 글자라도 쓰는 걸 너무 싫어한다.

이곳에 온 지 2주가 지났다. 첫날 이후로 글을 쓰고 싶은 마음이 들지 않았다. 지금은 이 끔찍한 2층 육아실의 창가에 앉아 있고, 기운이 없는 것만 빼면 그 무엇도 내가 마음껏 글을 쓰는 걸 막지 못한다.

존은 낮에는 늘 집에 없고 가끔 위중한 환자가 있으면 밤에도 집에 오지 않을 때가 있다. 내 상태가 위중하지 않아 다행이야! 하지만 이 신경과민 때문에 지독히 우울하다.

내가 얼마나 고통받는지 존은 모른다. 내가 고통받는 이유가 있다는 걸 그는 모른다. 그거면 된 거지.

물론 신경과민에 불과하다. 그런데 내게 주어진 일을 해내지 못한다는 사실이 내 마음을 무겁게 하는걸!

존에게 도움이 되는, 진정한 휴식과 위안을 주는 그런 존재여야 하는데, 이미 그에게 상당한 짐이 되고 있으니 말이다.

옷을 입는 일, 방문한 손님을 접대하는 일, 뭔가를 주문하는 일처럼 사소한 일을 하는데도 얼마나 큰 노력을 기울여야 하는지 아무도 믿지 못할 것이다.

메리가 아기를 잘 돌봐줘서 얼마나 다행인지 모른다. 아, 너무나도 사랑스러운 내 아기!

하지만 아들과 함께 있을 수가 없다. 아기와 함께 있으면 내가 너무 안절부절못하기 때문이다.

아마 존은 평생 안절부절못해 본 적이 없을 거다. 내가 이 방 벽지에 대해 이야기할 때마다 그렇게 웃어넘기는 걸 보면!

처음에는 벽지를 새로 바르자고 하더니, 나중에는 그러면 내가 벽지에 지는 거라면서, 신경과민 환자에게는 그런 환상에 굴복하는 일만큼 나쁜 게 없다고 했다. 벽지를 바꾸고 나면 그다음에는 침대 프레임이 너무 무겁다고 할 테고 다음엔 창살 달린 유리창이, 그다음으론 계단 꼭대기에 붙은 문이 문제라는 둥 계속 이어질 거라고 했다.

"이 집에 와서 당신 건강이 좋아졌잖아." 그가 말했다. "그리고 여보, 솔직히 겨우 세 달 빌린 집을 새로 수리하는 건 썩 내키지 않는걸."

"그러면 아래층으로 내려가자." 내가 말했다. "아래층에 예쁜 방이 많잖아."

그러자 그는 '에구, 사랑스러운 내 병아리'라며 나를 끌어안았다. 그는 내가 원하면 지하실이라도 내려가겠다고, 게다가 거길 완전히 하얗게 칠하겠다고 했다.

하지만 그가 침대나 유리창에 대해 한 말은 맞는 말이다.

지금 쓰는 침실은 누구라도 탐낼 만큼 바람도 잘 통하고 편안한 방이다. 단지 내 변덕 때문에 그를 불편하게 하는 그런 어리석은 짓은 하지 않을 거다.

사실 이 큰 방이 꽤 좋아지기 시작했다. 저 끔찍한 벽지만 아니면.

창문 하나에서는 정원이 내다보인다. 짙은 그늘에 잠긴 신비로운 정자, 각양각색의 고풍스러운 꽃과 관목 옹이가 박힌 나무.

또 다른 창문으로는 아름답게 펼쳐진 만과 이 저택에 속한 개인 부두의 멋진 풍경이 보인다. 집에서 그곳까지는 숲이 우거진 아름다운 길이 죽 이어져 있다. 나는 늘 그 수많은 오솔길과 정자 사이를 거니는 사람들을 상상한다. 하지만 존은 절대로 그런 상상에 발목 잡히면 안 된다고 주의를 주었다. 풍부한 상상력에 이야기를 지어내는 습관까지 있으면, 나처럼 신경이 예민한 사람은 마음을 들뜨게 하는 별의별 환상에 빠져들게 확실하다며 의지와 분별력을 갖고 자제해야 한다고 했다. 그래서 그러려고 노력 중이다.

내가 글을 조금이라도 쓸 수 있을 만큼 건강하

다면 나를 짓누르는 온갖 생각을 덜어내고 편안해질 텐데, 하는 생각을 간혹 한다. 하지만 글을 쓰려 하면 여간 피곤해지는 게 아니다.

글쓰기와 관련해 아무런 조언도 받지 못하고, 교제할 사람 하나 없다는 사실이 정말 기운 빠진다. 존은 내 건강이 완전히 좋아지면 사촌인 헨리와 줄리아를 이곳으로 오라고 해서 한동안 머무르도록 하겠다고 한다. 하지만 지금은 그렇게 자극적인 사람들을 내 주변에 있게 하느니 베개 속에 폭죽을 넣어 두겠단다.

내가 좀 더 빨리 나아지면 좋겠다.

하지만 그런 생각은 하면 안 된다. 이 벽지는 마치 자기가 얼마나 사악한 영향력을 지니고 있는지 아는 것처럼 보인다!

벽지에는 부러진 목처럼 축 늘어진 무늬와 왕방울 같은 두 눈이 거꾸로 매달려 노려보는 모양이 반복되는 부분이 있다. 나는 그 무늬의 오만함과 끝없이 이어지는 것에 화가 치민다. 위로 아래로 옆으로 느릿느릿 뻗어가고, 온 천지에 깜빡거리지도 않는 우스꽝스러운 눈들이 있다. 벽지 폭이 맞지 않는 곳이 한 군데 있는데, 거기는 눈 하나가 다른 것보다 살짝 높은 상태로 선을 따라 죽 오르내린다.

무생물에도 얼마나 많은 표정이 있는지 우리 모두 알고 있지만, 하나의 무생물에 그토록 많은 표정이 있는 경우는 본 적이 없다! 나는 어렸을 때, 누워서 잠이 오지 않을 때 텅 빈 벽이나 평범한 가구를 보면서 대부분의 아이들이 장난감 가게에서 느끼는 것보다 훨씬 더 큰 재미나 공포를 느꼈다. 오래된 커다란 서랍장에 달린 손잡이가 내게 얼마나 다정하게 윙크를 했는지도, 또 늘 든든한 친구 같았던 의자도 기억난다. 다른 물건들이 너무 험상궂게 보일 때 언제든 그 의자에 폴짝 뛰어오르면 안전할 것 같았다.

하지만 이 방의 가구는 전부 아래층에서 가져왔기 때문에 전혀 조화를 이루지 않는다. 이 방을 놀이방으로 쓸 때는 육아 용품을 비롯한 다른 가구들을 전부 다 빼내야 했을 것이다. 당연하지! 아이들이 이렇게 망가뜨려 놓은 방은 본 적이 없다.

이미 말했듯이 벽지는 군데군데 뜯겨 있지만, 형제애보다 더 끈끈하게 붙어 있다. 증오심뿐 아니라 인내심도 있었던 게 분명하다.

바닥도 온통 긁히고 골이 패고 쪼개진 데다 석고도 여기저기 움푹 파여 있다. 그리고 그 방에 있던 유일한 가구인 이 거대하고 육중한 침대는 전쟁이라도 겪은 모양새다.

하지만 그런 건 전혀 상관없다. 이 벽지만 아니라면.

시누이가 온다. 얼마나 사랑스럽고 날 잘 보살펴주는지! 하지만 글 쓰는 걸 그녀에게 들키면 안 된다.

그녀는 열정적이고 완벽한 살림꾼이다. 그녀에게 이보다 더 어울리는 직업이 없을 것이다. 내가 글을 써서 아프다고 생각할 게 분명해!

하지만 시누이가 외출했을 때나 창밖으로 멀리 있는 모습이 보일 때는 글을 쓸 수 있다.

나무가 울창한 구불구불하게 이어지는 아름다운 길이 내다보이는 창문이 하나 있고, 저 멀리 시골 풍경이 보이는 창문이 하나 있다. 그 역시 울창한 느릅나무와 부드러운 목초지가 펼쳐진 아름다운 시골 풍경이다.

이 벽지에는 다른 빛깔을 띤 일종의 보조 문양이 있는데 그게 특히 눈에 거슬린다. 특정한 빛 아래에서만 보이고 그마저도 분명하게 보이지 않기 때문이다.

하지만 색이 바래지 않은 부분에 햇빛이 적당하게 비출 때면, 기이하고 도발적이며 정해진 형태가 없는 무늬가 모습을 드러낸다. 마치 우스꽝스럽고 눈에 띄는 전면 문양 뒤에 숨어서 뿌루퉁해 있는 것만 같다.

시누이가 층계를 올라오네!

아, 독립기념일이 지났다! 사람들도 다 떠났고 난 기진맥진하다. 존이 내가 적은 사람들하고만 어울리는 게 좋을 거라고 생각해 엄마와 넬리, 그리고 아이들만 일주일 동안 내려와 있으라고 했다.

물론 내가 한 일은 아무것도 없다. 이젠 제니가 다 알아서 하니까. 그래도 진이 빠지는 건 마찬가지다.

존은 내 상태가 빨리 좋아지지 않으면 가을에 위어 미첼 박사[1]에게 보내야겠다고 한다. 하지만 난 그 의사를 만날 마음이 전혀 없다. 그에게 진료를 받았던 친구가 있는데 그도 존이나 오빠

---

[1] 미국의 신경과 의사이자 작가.

와 똑같다고 한다. 더하면 더했지! 게다가 그렇게 멀리까지 가는 건 너무 힘들다.

나는 어떤 일에든 손을 대는 게 무슨 소용인가 싶고 갈수록 지독히 안달하고 트집을 잡는다. 아무것도 아닌 일에 울음이 터지는 탓에 대부분 울면서 시간을 보낸다. 물론 존이나 다른 누가 있을 때는 그러지 않는다. 혼자 있을 때나 그러지.

그리고 지금은 혼자 있는 시간이 많다. 심각한 환자들 때문에 존은 마을에 붙잡혀 있는 날이 많고, 제니는 착해서 내가 원하면 혼자 있게 놔둔다.

그래서 나는 정원에서 산책도 좀 하고 예쁜 길을 따라 내려가 보기도 하고, 장미 덩굴이 덮인 현관 앞에 앉아 있기도 하고 여기 2층 방에 누워서 시간을 많이 보낸다.

신경에 거슬리는 벽지에도 불구하고 이 방이 점점 더 마음에 든다. 어쩌면 벽지 때문인지도 모른다. 도대체 벽지 생각이 머릿속에서 떠나질 않으니!

 나는 꿈쩍도 않는 이 거대한 침대—바닥에 못질을 해서 고정시킨 게 분명하다.—에 누워 매시간 벽지 무늬를 눈으로 좇는다. 장담하는데, 거의 곡예나 마찬가지다. 아무도 손대지 않은 저쪽 구석 맨 밑바닥에서 시작해 저 무의미한 무늬를 어떤 결론에 이를 때까지 따라가 보겠다고 천 번도 더 결심한다.

 내가 디자인의 원칙에 대해 좀 아는데, 이건 방사형 규칙이나 교호, 반복, 대칭 규칙에 따라 배열된 것도 아니고 내가 들어본 어떤 규칙에도 맞지 않는다. 물론 각 벽지 폭마다 같은 무늬가 반복되기는 하지만 다른 것은 찾아볼 수 없다. 어떻게 보면 폭마다 다 따로 논다. 비대한 곡선과 섬망이 있는 '타락한 로마네스크' 양식 같은 요란한 장식이 각각의 우스꽝스러운 기둥을 따라 어기적어기적 위아래로 이어진다.

 그러나 다른 한편으로는 대각선으로 연결되어, 윤곽선이 마치 엄청난 양의 해초가 전속력으로 넘실대며 밀려오는 것처럼, 공포스러울 정도의 급경사를 이루는 파도처럼 뻗어 나간다. 전체적으로는 수평으로도 연결이 된다. 적어도 그렇게 보인다. 어떤 규칙에 의해 그 방향으로 진행하는지 알아내려다 보면 진이 다 빠진다. 천장 둘레 장식 띠는 가로 폭을 사용하는 바람에 혼란을 더욱 가중시킨다.

 방 한쪽 구석에 거의 손을 대지 않은 부분이 있는데, 사방에서 들어오는 빛이 희미해지고 낮게 걸린 해가 그 부분을 곧바로 비출 때면 거의 방사선에 노출된 듯한 환각에 빠진다. 한 점을 중심으로 그로테스크한 모양이 형성되어 느닷없이 곤두박질치며 뻗어나가는 모양이 하나같이 정신을 산란하게 한다.

무늬를 따라가다 보면 피로가 몰려온다. 아무래도 한잠 자야 할 것 같다.

이 글을 왜 쓰고 있는지 모르겠다.
쓰고 싶지 않다.
쓸 수 있을 것 같지가 않다.
게다가 존이 알면 어처구니없다고 할 것이다. 하지만 어떤 식으로든 내가 느끼고 생각하는 것을 말해야만 하니까. 그러면 얼마나 마음이 놓이는지 몰라! 그런데 마음이 놓이는 것보다 글 쓰는 데 들이는 노력이 더 커져간다.

이제 하루의 반은 아무것도 안 하고 게으름을 피운다. 누워 있는 시간도 그 어느 때보다 많다. 존은 기력을 잃으면 안 된다면서, 맥주나 와인, 살짝 익힌 고기는 물론이고 대구 간유에 온갖 강장제 따위를 먹인다.
사랑스러운 존! 나를 끔찍이 사랑하니까 내가

아픈 게 싫은 거다. 며칠 전에 존과 정말 진지하게 이성적인 대화를 나눠보겠다는 마음을 먹고 사촌 헨리와 줄리아를 만나러 가게 해주면 무척 좋을 것 같다고 했다.

하지만 그는 내가 거기까지 갈 수 없을 거라고, 간다 해도 버티지 못할 거라고 대답했다. 게다가 나는 할 말을 다 끝내기도 전에 울음이 터져 내 주장을 제대로 펴보지도 못했다.

갈수록 올바르게 생각하려면 엄청난 노력을 해야 한다. 이 신경쇠약 때문이겠지.

사랑스러운 존은 나를 다정히 안아서 위층으로 올라가 침대에 뉘었다. 그러고는 곁에 앉아 머리가 멍해질 때까지 책을 읽어주었다. 그는 내가 자신의 사랑이자 위안이자 모든 것이라고, 그러니까 자기를 위해서라도 몸을 잘 건사해서 건강하게 지내야 한다고 했다. 그는 병에서 벗어날 수 있게 하는 건 나 자신밖에 없다며 의지와 통제력을 발휘해 어리석은 망상에 휩쓸리지 않도록 해야 한다고 했다.

그나마 한 가지 위안은 아기가 건강하고 행복하다는 사실이다. 내 아기가 소름 끼치는 벽지가 발린 이 육아실에 있지 않아도 되고.

우리가 이 방을 쓰지 않았다면 아기가 이 방을 썼을 테니까! 얼마나 다행인지 몰라! 내 아기를, 여리디 여린 그 어린 것을 절대 이런 방에 두지는 않을 것이다.

지금까지는 이렇게 생각해 본 적 없지만, 아무렴 존이 내게 이 방을 쓰게 해서 얼마나 다행인지. 사실 아기보다야 내가 더 잘 견딜 수 있을 테니까.

물론 이제 나는 누구에게도 벽지 이야기는 꺼내지 않는다. 그 정도로 바보는 아니니까. 하지만 여전히 계속 주시하고 있다.

그 벽지에는 나 말고는 아무도 모르는, 그리고 앞으로도 절대 모를 어떤 것이 있다.

바깥 무늬 뒤에 있는 흐릿한 형체가 날이 갈수

록 점점 더 분명해진다. 항상 같은 형체인데 숫자가 셀 수 없이 많을 뿐이다.

그 무늬 뒤에서 한 여자가 구부정하게 몸을 굽히고 기어다니는 것 같다. 정말 마음에 들지 않는다. 요즘 들어 내가 정말 존이 나를 여기서 데리고 나가주길 원하는 걸까 하는 의문이 든다!

존은 현명하고 또 나를 정말 사랑하기 때문에 내 상태에 관해 말하기가 너무 힘들다.

하지만 어젯밤에는 시도해 봤다. 달이 환한 밤이었다. 햇빛과 마찬가지로 달빛도 사방에서 들어온다. 가끔 달빛을 보는 게 싫을 때도 있다. 느릿느릿 기어다니는 데다 늘 아무 창문에서나 들어오기 때문에.

나는 굳이 자고 있는 존을 깨우고 싶지 않았다. 그래서 꼼짝 않고 누워 물결치는 벽지를 비추는 달빛을 지켜보고 있자니 으스스한 느낌이 들었다. 무늬 안쪽의 흐릿한 형체가 밖으로 나오고 싶은 양 무늬를 흔드는 것 같았다. 난 살며시 일어나 그쪽으로 다가가서 벽지가 정말 움직이는지 만져보았다. 그러고 나서 침대로 돌아가 보니 존이 깨어 있었다.

"왜 그래, 우리 아기?" 그가 물었다. "그렇게 돌아다니지 마. 감기 걸리면 어쩌려고."

지금이 얘기하기 좋은 기회다 싶어서, 난 아무래도 여기서 얻는 게 없는 것 같으니 나를 데리고 나가줬으면 좋겠다고 말했다.

"아니, 여보! 계약 만기까지 아직 삼 주가 남았는데, 그전에 어떻게 이 집을 나가겠다는 건지 모르겠어." 그는 말을 이었다.

"우리 집수리도 아직 덜 끝났고, 내가 당장은 이 마을을 떠날 수가 없어. 물론 당신이 위험한 상태라면 그렇게 할 거고 어떻게든 그래야겠지. 하지만 당신은 좋아지고 있어. 당신은 못 느낄지 몰라도, 내가 의사잖아, 여보. 그러니까 보면 알아. 혈색도 좋아지고 살도 좀 붙고 식욕도 생겼잖아. 나는 이제 당신이 훨씬 편안해졌는데."

"살은 하나도 붙지 않았어." 내가 말했다. "예전만도 못해. 당신이 저녁에 집에 있으면 식욕이 좀 나아지는 것도 같지만, 아침에 당신이 나가고 나면 더 나빠지는걸."

"아이고, 우리 아기 어쩌지!" 그가 나를 끌어안으며 말했다. "그래, 아프고 싶은 만큼 아프셔야지! 하지만 내일 아침 날이 밝으면 맑은 정신으로 얘기할 수 있도록 지금은 잠을 자두는 게 좋아요!"

"그럼 내일 외출 안 할 거야?" 내가 뾰루퉁하게 물었다.

"아니, 어떻게 외출을 안 해, 여보? 겨우 삼 주 남았잖아. 그다음엔 제니가 우리 집을 정리하는 동안 며칠 가까운 데 여행이나 다녀오자고. 당신 정말 나아졌다니까!"

"몸은 나아졌을지 몰라도……." 나는 말을 꺼냈다가 입을 닫았다.

존이 일어나 앉더니 꾸짖는 듯한 눈길로 나를 엄하게 바라보았기 때문에 한마디도 더 할 수가 없었다.

"여보," 그가 말했다. "당신을 위해서도 그렇지만 나와 우리 아기를 위해서 정말 부탁하는데, 단 한순간도 절대 그런 생각을 떠올리면 안 된다고! 당신 같은 기질엔 그보다 더 현혹적이고 위험한 게 없어요. 말도 안 되는 어리석은 공상일 뿐이야. 의사인 내가 그렇다고 하면 믿어야 하지 않겠어?"

그래서 난 당연히 그 문제에 대해 더 말하지 않았고 우리는 곧 잠이 들었다. 그는 내가 먼저 잠들었다고 생각했지만 사실 아니었다. 나는 전방 무늬와 후방 무늬가 정말 같이 움직이는지 아니면 따로 움직이는지 확인하려고 몇 시간이고 누워서 지켜봤으니까.

이런 무늬는 환한 낮에 보면 연속성이라고는 없고 규칙도 없어서 정상적인 정신이라면 끊임

없이 자극을 받는다. 색도 말할 수 없이 흉측하고 무슨 색인지 정확히 알 수조차 없어 화가 치밀 정도지만, 무늬는 거의 고문에 가깝다. 이제 완전히 파악했다고 생각했는데 따라가기 시작하자마자 뒤로 공중제비를 넘는 게 아닌가. 얼굴을 후려치고 때려눕히고 발로 짓밟는다. 나쁜 꿈을 꾸는 기분이다.

바깥으로는 일종의 버섯이 연상되는 화려한 아라베스크 무늬가 새겨져 있다. 마디마다 피어난 독버섯, 끊임없이 꼬이고 뒤엉키면서 싹을 틔우고 돋아나며 구불구불 한없이 이어지는 독버섯의 모습을 상상하면 된다. 그래, 딱 그런 모양이다.

말하자면 때로는 그렇다는 거다!

나 말고는 아무도 눈치채지 못한 것 같지만 이 벽지에는 눈에 띄게 특이한 점이 하나 있다. 바로 빛이 달라지면 벽지도 달라진다는 사실이다. 동쪽 창으로 햇빛이 내리꽂힐 때면—난 길고 곧게 뻗어 들어오는 첫 햇살을 늘 주시한다.—벽지의 모양이 얼마나 순식간에 바뀌는지 거의 믿기지 않을 정도다. 그래서 언제나 눈을 부릅뜨고 지켜볼 수밖에 없다.

달빛이 비출 때면—달이 뜬 밤이면 밤새도록 달빛이 들어온다.—같은 벽지라고 알아챌 수 없을 정도다. 밤이면, 노을빛이건 촛불이건 등불이건 상관없이 특히 달빛이 비출 때 벽지에 더 진하게 창살이 생긴다! 그러니까 바깥 무늬가 창살이 되고 그 뒤의 여자 모습도 상당히 뚜렷해진다.

뒤로 보이는 형체, 숨어 있는 그 흐릿한 무늬가 정확히 무엇인지 오래도록 깨닫지 못했는데 이제는 여자라고 확신할 수 있다. 그 여자는 대낮에는 조용히 숨을 숙이고 있다. 벽지 무늬 때문에 그렇게 꼼짝 못 하지 않나 싶다. 너무 당혹스럽다. 그래서 나도 내내 숨죽이게 된다.

요즘은 누워 있는 시간이 아주 많다. 존은 그게

나한테 좋다고, 될 수 있는 한 많이 자라고 한다.

사실 그는 내게 밥을 먹고 한 시간씩 누워 있는 습관을 들이라고 했다. 장담하건대 정말 나쁜 습관이다. 알다시피 그런다고 내가 잠을 자는 게 아니니까. 그러다 보니 속임수만 늘어난다. 사실은 잠을 안 잔다고 솔직히 말하지 않으니까. 아, 이런!

솔직히 밝히자면, 조금씩 존이 두려워지기 시작했다. 간혹 그가 너무 이상하게 굴고, 심지어 제니도 알 수 없는 표정을 지을 때가 있다.

문득문득 드는 생각인데, 마치 과학적 가설처럼, 어쩌면 그게 다 벽지 때문이라는 생각이 든다!

내가 자기를 보고 있는지 모르는 존을 지켜보다가 너무나 천진무구한 핑계를 대며 불쑥 방에 들어갔을 때 벽지를 바라보고 있던 존을 몇 번이나 목격했는지! 제니도 그렇다. 한번은 벽지에 손을 대고 있는 걸 본 적도 있다.

제니는 내가 방에 들어온 줄도 몰랐다. 내가

최대한 조심스럽게 조용히, 아주 작은 목소리로 벽지에 손을 대고 뭐 하는 거냐고 물었을 때 제니는 마치 도둑질하다 들킨 사람처럼 화들짝 놀라며 뒤돌아보았다. 상당히 화가 난 표정이었다. 사람을 왜 그렇게 놀래키냐고 나한테 따져 묻는 게 아닌가!

그러면서 뭐든지 벽지에 닿으면 얼룩이 남는다고 했다. 내 옷과 존의 옷에 누런 얼룩이 있는 걸 발견했다면서, 좀 주의했으면 좋겠다고 말했다! 정말 그럴듯하지 않은가? 하지만 난 제니가 무늬를 살피고 있었다는 걸 안다. 나 말고 누구도 그걸 밝혀내지 못하게 할 테다!

사는 게 예전보다 훨씬 더 흥미진진하다. 예측하고 고대하고 지켜볼 것이 생겼으니까. 정말로 밥도 더 잘 먹고 예전보다 차분해졌다.

내 상태가 나아지니 존은 무척 기뻐한다! 얼마 전에는 싱긋 웃으며 벽지 문제에도 불구하고 내가 아주 잘 지내는 것 같다고 했다.

나는 그 말을 그냥 웃어넘겼다. 벽지 때문에 나아졌다는 말을 하고 싶은 마음이 전혀 없었다. 비웃기나 할 테니까. 어쩌면 여기서 데리고 나갈지도 모른다. 벽지 뒤에 있는 것이 뭔지 알아내기 전에는 여길 떠나고 싶지 않다. 일주일이 남았고, 그 정도면 시간은 충분하다.

오늘은 그 어느 때보다 기분이 좋다! 벽지가 변하는 상태를 지켜보는 일이 너무 재미있어서 밤에는 잠을 거의 못 잔다. 하지만 낮에는 많이 잔다.

낮 동안 벽지는 따분하고 복잡하기만 하다. 독버섯에는 늘 새로 싹이 나고 새로운 빛깔이 벽지 전체를 뒤덮는다. 열심히 노력해 보았지만 그 수를 셀 수가 없다.

그 벽지는 세상에서 가장 기이한 노란색을 띠고 있다. 내가 보았던 노란 것들을 모두 떠올려

보았다. 미나리꽃처럼 예쁜 노란색이 아니라 오래되고 더럽고 불쾌한 노란빛을 띤 것들 말이다.

그러나 벽지에는 뭔가 다른 것이 있다. 바로 냄새! 방에 처음 들어선 순간 눈치챘지만, 워낙 환기가 잘되고 햇빛도 잘 들어 별로 심하지 않았다. 그런데 지금 일주일째 안개가 자욱하고 비가 내리자, 창문을 열어놓든 닫아놓든 냄새가 남아 있다.

냄새가 온 집안을 스멀스멀 기어다닌다. 식당에 떠다니고 응접실에서 살금살금 돌아다니고 복도에 숨어 있거나 계단에 자리 잡고 앉아 나를 기다리기도 한다. 내 머리칼에도 스며든다. 말을 타러 갈 때조차 내가 별안간 머리를 획 돌리면, 놀랍게도 바로 그 냄새가 풍긴다!

게다가 얼마나 특이한 냄새인지! 나는 그 냄새를 분석하고, 어떤 냄새랑 비슷한지 찾아내느라 몇 시간씩 보내곤 했다.

처음에는 나쁘지 않다. 아주 흐릿하고, 지금껏

맡아본 어떤 냄새보다 미묘하면서 오래 지속된다. 그런데 이렇게 습한 날씨엔 정말 끔찍하다. 밤에 자다 깨면 냄새가 내 위에 걸려 있다.

처음엔 심하게 거슬렸다. 냄새를 찾아내려고 집을 통째로 태워버릴까 진지하게 생각해 본 적도 있다. 하지만 이젠 익숙해졌다. 유일하게 생각해낸 것은 냄새가 벽지 색깔과 비슷하다는 것이다. 누런 냄새.

벽 아래쪽, 굽도리 널 가까이에 아주 이상한 자국이 있다. 방을 빙 둘러싸고 있는 띠 같은 것. 침대만 빼고 다른 가구 뒤쪽으로도 이어져 있다. 길고 곧게 이어진 띠. 심지어 반복해서 문지른 것처럼 얼룩이 졌다.

그런 얼룩이 어떻게 생겼고 누가 그랬을지, 왜 그랬을지 궁금하다. 빙빙 돌고 돌고—또 빙빙 돌고 돌고 돌아가니 얼마나 어지러운지!

마침내 뭔가를 발견했다.

무늬가 변화무쌍해지는 밤을 그토록 많이 지켜본 끝에 드디어 알아낸 것이다.

전방 무늬가 정말 움직인다! 그럴 수밖에! 뒤에 있는 여자가 흔들고 있으니까! 어떤 때는 뒤에 수많은 여자가 있는 것 같은데, 어떤 때는 딱 한 명만 있을 때도 있다. 그녀 혼자 빠르게 여기저기 기어다니고, 그 때문에 무늬가 마구 흔들린다. 그러다 아주 밝은 지점에 이르면 가만히 있다가 어둑한 곳에 다다르면 창살을 쥐고 세게 흔든다. 그러면서 항상 창살을 타고 오르려고 애를 쓴다. 하지만 아무도 그 무늬를 빠져나올 수 없다. 목을 졸라버리니까. 그래서 저렇게 많은 머리가 매달려 있는 게지. 여자들이 빠져나오면 벽지 무늬가 목을 졸라 거꾸로 매달아 놓는다. 그래서 눈이 허옇게 뒤집히고! 저 머리들만 가리거나 떼어낼 수 있어도 벽지가 절반은 나아 보일 텐데.

저 여자가 낮에 나온 것 같아!

왜냐하면, 당신한테만 말해주는 비밀인데, 내

가 봤거든!

 내 방 어떤 창문에서도 그 여자가 보이거든!

 같은 여자야. 나는 알지. 왜냐면 늘 기어다니니까. 여자들은 대개 낮에는 기어다니지 않잖아.

 그녀가 그늘진 긴 오솔길을 오르락내리락하는 모습이 보인다. 포도 덩굴로 덮인 어둑한 정자에서도 보이고 정원 곳곳을 기어다니고 있다. 나무가 늘어선 긴 도로를 따라 기어가는 것도 보이는데, 마차가 오면 그녀는 얼른 블랙베리 덩굴 아래로 숨는다. 숨는다고 비난할 마음이 전혀 없다. 벌건 대낮에 그렇게 기어다니다가 사람들 눈에 띄면 너무 치욕스러울 테니까!

 난 낮에 기어다닐 때는 항상 문을 걸어 잠근다. 존이 당장 수상쩍은 낌새를 눈치챌 테니 밤에는 할 수가 없다.

 게다가 존이 요즘 너무 이상하게 굴어서 굳이 그의 신경을 긁고 싶지 않다. 방을 따로 썼으면 좋겠는데! 게다가 나 아닌 다른 사람이 밤에 그 여자를 나오게 하는 건 싫다.

모든 창문에서 동시에 그녀를 내다볼 수 있을까 종종 궁금하다. 아무리 빨리 돌아봐도 한 번에 한 사람밖에는 볼 수 없으니까. 내가 늘 그녀를 보긴 하지만 돌아보는 내 눈보다 그녀가 기어다니는 속도가 더 빠를지도 모른다! 때로는 멀리 떨어진 탁 트인 시골길에서 세찬 바람에 내달리는 구름 그림자처럼 빠르게 기어다니는 그녀를 본 적도 있다.

후방은 놔두고 전방 무늬만 떼어낼 수 있다면 좋겠는데! 조금씩 해볼 작정이다.

신기한 일 또 하나를 알아냈지만, 지금은 얘기하지 않을 거야! 사람들을 너무 믿으면 안 되니까.

벽지를 떼어낼 수 있는 날이 이제 이틀밖에 남지 않았는데, 존이 눈치챈 것이 분명하다. 나를 바라보는 그의 눈빛이 마음에 들지 않는다.

그리고 제니에게 나에 관해 의사 입장에서 질문을 쏟아놓는 걸 들었다. 제니는 보고할 일이 상당히 많았고.

제니는 내가 낮에 잠을 엄청 잔다고 말했다. 존은 내가 밤에 잠을 잘 못 잔다는 것을 안다. 그렇게 꼼짝도 않고 누워 있었는데도!

그는 애정이 넘치고 다정한 남편인 척하며 내게도 온갖 질문을 던졌다. 그런다고 내가 그 속을 모를까 봐!

하지만 세 달 동안 이 벽지에 둘러싸여 잠을 잤으니 존이 그렇게 행동하는 것도 이상하지 않지. 내게는 벽지가 그저 흥미로울 뿐인데, 존과 제니는 분명히 자기도 모르는 사이에 벽지의 영향을 받고 있는 것 같다.

와! 마지막 날이다! 하지만 하루면 충분해. 존은 밤새 마을에 있을 예정이라 오늘 저녁에는 나갈 테니까.

제니가 나와 함께 자고 싶다고 했다. 교활한 것! 하지만 나는 혼자 자야 밤새 더 잘 잘 수 있다고 단호하게 말했다.

영리한 대답이었지. 사실 나는 전혀 혼자 있는 게 아니니까! 달빛이 방 안을 비추고 그 불쌍한 것이 기어다니며 무늬를 흔들기 시작하면 난 곧바로 일어나 그녀를 도와주러 달려간다.

나는 잡아당기고 그녀는 흔들고, 내가 흔들면 그녀가 잡아당기고, 그렇게 우리는 아침이 밝기 전에 둘이서 몇 미터의 벽지를 뜯어냈다.

방의 벽지 절반 정도를 내 머리 높이만큼 빙 둘러 뜯어냈다. 해가 뜨면 그 끔찍한 무늬가 나를 비웃기 시작할 테니 나는 오늘 끝내주겠다고 선언했다!

내일 이 집을 떠난다. 방의 가구를 다시 제자리에 갖다 놓기 위해 아래층으로 옮기고 있다.

제니가 놀란 눈으로 벽지를 바라보았다. 나는 순전히 저 사악한 벽지가 너무 싫어서 그랬다고 명랑하게 말했다. 그녀는 웃으면서, 자기가 할 수도 있는 일인데 내가 기력을 소진하면 안 된다고 대답했다. 그런 식으로 자기도 모르게 속내를 드러낸 것이다!

하지만 내가 여기 버티고 있으니 내가 아닌 그 누구도 이 벽지를 건드릴 수 없다. 살아서는 절대로!

제니는 나를 방에서 나오게 하려는 거다. 너무 뻔히 보이는 수작 아닌가!

나는 방이 텅 비어 아주 말끔하고 조용하니까 침대에 누워서 실컷 자야겠다고 말했다. 그러니 저녁 먹으라고 깨우지도 말고, 내가 일어나면 부르겠다고 했다.

이제 제니도 나가고 하인들도 나가고 여기 있

던 물건들도 다 사라져, 이 방에는 못으로 고정된 거대한 침대와 원래 그 위에 있던 캔버스 천 매트리스 말고는 아무것도 없다.

오늘 밤에는 아래층에서 자고 내일 보트를 타고 집으로 돌아갈 것이다.

나는 다시 아무것도 없이 휑해진 방을 즐기고 있다. 아이들이 여기를 어쩌면 이렇게 다 뜯어놓았을까! 침대도 갉아먹은 자국이 많네.

하지만 나는 할 일을 해야지.

난 문을 잠그고 열쇠를 현관 앞 진입로로 던져버렸다. 존이 올 때까지 이 방에서 나가고 싶지 않고, 누가 들어오는 것도 싫다. 존을 깜짝 놀래켜야지.

이 방에 노끈도 하나 갖다두었는데 제니조차 그걸 눈치채지 못했다. 그 여자가 벽에서 나와 도망가려고 하면 이걸로 묶어야지!

그런데 뭘 딛고 올라가지 않은 다음에야 저 위까지 닿을 수는 없다는 걸 깜빡했다.

이 침대는 꿈쩍도 안 하잖아!

나는 사지가 후들대도록 침대를 들어보고 끌어보고 하다가 화가 솟구쳐 침대 모서리를 한 조각 물어뜯기까지 했다. 그래 봐야 내 이만 아플 뿐이었다.

그래서 그냥 바닥에 서서 손이 닿는 데까지 벽지를 뜯어냈다. 벽지가 얼마나 딱 붙어 있는지! 그리고 무늬는 얼마나 재미있어하는지! 목 졸린 머리와 툭 튀어나온 눈과 흔들거리는 버섯 무리가 나를 조롱하듯 비명을 지른다!

나는 점점 화가 나서 뭔가 필사적인 짓을 해야 할 것 같다. 창문으로 뛰어내리는 것도 괜찮은 운동일 텐데 창살이 너무 단단해 시도조차 할 수 없다. 더구나 그런 일은 하지 않을 것이다. 당연히 안 하지. 그런 행동은 부적절하고 오해의 소지가 있다는 것 정도는 잘 알고 있다.

창문 밖을 내다보는 것도 싫다. 기어다니는 여자들이 너무 많고 또 얼마나 빨리 기어다니는지 모른다. 저들도 나처럼 다 벽지에서 나왔을까?

하지만 꽁꽁 숨겨놓은 노끈으로 나를 단단히 묶었으니 절대 저 도로로 날 내보내지는 못할걸! 밤이 오면 다시 무늬 안쪽으로 들어가야 할 텐데, 그건 정말 힘들다.

이 커다란 방에서 맘껏 기어다니니 정말 기분이 좋다.

밖으로 나가고 싶지 않아. 제니가 빌어도 절대 안 나가. 밖으로 나가면 땅바닥에서 기어다녀야 하는 데다 모든 게 여기처럼 누런색이 아니라 초록색이잖아. 여기서는 반질반질한 방바닥에서 기어다닐 수 있고, 벽을 빙 둘러 있는 저 긴 얼룩에 어깨가 딱 맞으니까 길을 잃을 걱정도 없잖아.

이런, 존이 문밖에 있다.

이보게 소용없네, 그 문은 못 열걸!

그가 내 이름을 부르며 문을 두드려댄다. 이제는 도끼를 가져오라고 소리치기까지 하고. 저 아름다운 문을 부수는 건 안타까운 일이지!

"여보!" 나는 아주 상냥한 목소리로 말했다. "열쇠는 아래층 현관 계단 근처 질경이 이파리 아래에 있어." 그러자 존이 잠시 조용해졌다.

그의 목소리가 아주 나직하게 들렸다. "문 열어, 여보!"

"못 열어." 내가 말했다. "현관 옆 질경이 이파리 아래에 열쇠가 있다니까!"

그러고도 나는 여러 번, 천천히, 부드럽게 그 말을 되풀이했다. 하도 계속 얘기하니까 존은 마지못해 내려가 찾아보았고, 당연하게도 열쇠를 찾아 방으로 들어왔다. 그가 문앞에 잠시 멈춰 섰다.

"이게 무슨 일이야?" 그가 외쳤다. "도대체 뭐 하는 거냐고!"

나는 여전히 기어다니면서 어깨 너머로 그를

쳐다보았다.

"드디어 나왔어. 당신과 제니가 기를 썼지만 말이야! 벽지를 거의 다 뜯어냈으니까 날 다시 저기에 집어넣지는 못할걸!"

그런데 저 남자가 왜 기절을 했지? 그는 진짜로 기절했고, 그것도 바로 내가 기어다니는 벽 옆 길목을 가로질러 쓰러지는 바람에 나는 매번 그 위를 타 넘어야 했다.

작품 해설

왜 나는 〈누런 벽지〉를 썼는가?

(샬럿 퍼킨스 길먼이 창간한 여성주의 잡지 《더 포러너The Forerunner》에 1913년에 실린 글)

많은 독자들이 이 질문을 해왔다. 〈누런 벽지 The Yellow Wallpaper〉가 1891년경 《뉴잉글랜드 매거진New England Magazine》에 처음 발표되었을 때, 보스턴의 한 의사가 《트랜스크립트The Transcript》지를 통해 항의했다. 그는 "이런 이야기는 절대

쓰여서는 안 된다. 읽기만 해도 미쳐버릴 정도다."라고 말했다. 반면 (아마도 캔자스의) 또 다른 의사는 나에게 편지를 보내어, "초기 정신병을 가장 정확하게 묘사한 글이다."라고 하며, 정중하게 "혹시 직접 그런 경험을 하신 건가요?"라고 물었다.

사실 이 이야기가 탄생하게 된 배경은 이렇다. 여러 해 동안 나는 우울증에 가까운 심각하고 지속적인 신경쇠약을 앓았다. 증상이 3년 가까이 지속되자 나는 간절한 믿음과 희미한 희망을 품고 전국에서 가장 유명한 신경 질환 전문가를 찾아갔다. 그는 나를 침대에 눕히고 '휴식 요법'을 시행했다. 비교적 건강했던 내 신체가 치료 초반에 빠르게 반응하자, 그는 내 병이 심각하지 않다고 결론 내렸다. 그리고 나에게 "최대한 가정적인 생활을 해라", "하루에 두 시간 이상 지적인 활동을 하지 말라", "평생 다시는 펜, 붓, 연필을 손에 쥐지 말라"라고 근엄하게 조언했다. 그때가 1887년이었다.

나는 집으로 돌아가 약 3개월 동안 그의 지시를 충실히 따랐다. 그러자 정신적으로 붕괴하기 직전까지 몰려 그 끝이 보일 정도였다. 결국 아직 내게 남아 있던 지성과 현명한 친구의 도움을 받아, 그 저명한 전문가의 조언을 바람에 날려버리고 다시 일을 시작했다. 인간에게 일이란 정상적인 삶이다. 기쁨과 성장, 그리고 봉사가 깃든 활동이며, 일하지 않는 인간은 빈곤한 존재가 되고 기생하는 삶을 살게 될 뿐이다. 마침내 나는 조금씩 힘을 되찾았다.

정신적 붕괴에서 가까스로 탈출한 것에 자연스럽게 기쁨을 느껴, 나는 글에 알맞은 몇 가지 장식적 요소와 살을 덧붙여 〈누런 벽지〉를 썼다. (내가 실제로 벽지에서 환각을 보거나 거부감을 느끼지는 않았다.) 나를 미치기 직전까지 몰고 갔던 그

의사에게 이 책을 한 권 보냈지만 그에게서는 아무런 응답이 없었다.

이 작은 책은 정신과 의사들에게 문학적 사례로 높이 평가받고 있다. 내가 듣기로는 이 책이 비슷한 운명에 처한 한 여성을 구했다고 한다. 가족들이 이 책을 읽고 그녀가 이 책 속 인물처럼 될까 봐 두려워서 그녀가 다시 정상적인 활동을 할 수 있게 해주었고, 결국 그녀는 회복되었다고 전해들었다.

하지만 이 책이 거둔 최고의 성과는 따로 있다. 몇 년 지나서 나는 그 저명한 전문가가 〈누런 벽지〉를 읽은 후, 신경쇠약 치료 방식을 바꾸었다고 친구들에게 고백했다는 말을 들었다. 이 작품은 사람을 미치게 하려고 쓴 글이 아니라, 미쳐가는 사람을 구하려는 의도로 쓴 글이다. 그리고 그 목적을 이루었다.

샬럿 퍼킨스 길먼의 삶과 작품

1860년 7월 3일, 코네티컷주 하트퍼드에서 태어난 샬럿 퍼킨스 길먼은 불안정한 어린 시절을 보냈다. 아버지 프레더릭 비처 퍼킨스는 그녀가 어릴 때 가족을 떠났고, 어머니 메리 퍼킨스는 경제적 어려움 속에서 길먼과 그녀의 오빠를 홀로 키워야 했다. 길먼이 친척 집을 전전할 때 같이 살았던 숙모 중에는 미국의 노예제 폐지 운동에 큰 영향을 미친 소설 《톰 아저씨의 오두막》의 저자 해리엇 비처 스토, 여성참정권 운동가 이사벨라 비처 후커, 교육 개혁가인 캐서린 비처가 있다. 길먼은 열다섯 살까지 일곱 번이나 학교를 옮기며 정규 교육을 제대로 받지 못했지만, 공공도서관을 자주 방문하여 물리학, 문학, 역사를 독학하며 학문과 사회 정의에 대한 열정을 키워 나갔다.

1878년, 열여덟 살에 로드아일랜드디자인 대

학에 입학한 길먼은 생계를 위해 미술 과외 수업을 하고 상업 화가로 일하기도 했으나, 결국 정식 학위를 받지는 못했다.

1884년 길먼은 화가인 찰스 월터 스테트슨과 결혼한 뒤, 다음 해에 딸 캐서린을 출산했다. 이때 심각한 산후 우울증을 겪었는데, 그때 처방받았던 '휴식 요법'은 이후 1892년 《뉴잉글랜드 매거진》 1월 호에 발표된 그녀의 가장 유명한 작품인 〈누런 벽지〉의 소재가 되었다. 이 작품은 한 여성이 남편이자 주치의인 인물과 사회의 억압 속에서 점점 광기로 빠지는 과정을 일기 형식으로 기록한 자전적 단편소설이다. 여기서 길먼은 당시 여성 정신 질환에 대한 의학적 처방이 남성 중심적이고 억압적이었음을 고발하고, 정신 질환을 앓는 여성들에게 처방되던 휴식 요법을 강하게 비판한다. 여성의 말하기는 '히스테리'로 진단되고, 치료는 침묵과 정지(휴식 요법)로 귀결되며, 이는 여성의 자기 서사를 봉쇄하는 구조와 직결된다. 〈누런 벽지〉는 당시 여성의 자율성을 억압하고 가정에 머물 것을 강요하며 지적, 창의적 활동을 금지했던 사회적 분위기를 적나라하게 드러낸 페미니즘 문학의 대표적 작품이다.

길먼은 소설뿐만 아니라 여성의 경제적 독립을 다룬 글을 활발하게 집필하고 강연을 이어갔다. 획기적인 저서 《여성과 경제Women and Economics》에서 전통적인 가정 내 역할이 여성을 경제적으로 종속시키며, 그들의 잠재력을 제한한다고 주장했다. 길먼은 여성들이 가사 노동에서 해방될 수 있도록 공동 보육 시설과 공동 주방을 제안했으며, 이는 후에 직장 내 평등과 가사 분담을 요구한 페미니즘 운동을 예견하는 것이었다.

또한 1909년부터 1916년까지 여성주의 잡지 《더 포러너》를 창간하고 편집했다. 이 잡지를 통해 그녀는 에세이, 소설, 사회 비평을 발표하며 성평등, 평화주의, 사회 개혁과 관련된 사상을 전파했다. 〈내가 마녀였을 때〉도 1910년에 이 잡지에 수록된 풍자적 단편 소설이다. 직접적인 정치적 풍자와 환상적 상상력을 통해 여성의 분노와 해방 욕망을 표출한다. 우연히 자신의 소원을 이루는 능력을 얻게 된 주인공을 통해 동물 학대, 기업의 부도덕성, 언론의 허위 기사 등 현대 독자들도 공감할 수 있는 사회적 문제들을 유머러스하게 다루었다. 길먼은 이 과정을 유머와 풍자를 섞어 묘사하지만, 그 기저에는 사회 정의와 권력 전복에 대한 급진적 상상력이 자리한다. 특히 마녀라는 정체성은 역사적으로 여성에 대한 탄압과 통제를 상징해 왔지만, 이 작품에서는 역설적으로 능동적 정의 실현의 주체로 전환된다. 여성의 분노와 정의감은 초자연적 능력이라는 방식으로 형상화되며, 이는 당대 현실에서 제약된 여성의 발화권과 행위 능력에 대한 대안적 상상을 제시한다.

그녀는 또한 《허랜드Herland》라는 유토피아 소설을 1915년부터 1916년까지 연재하여, 남성이 없는 여성들만의 이상적인 사회를 상상하며 전통적인 성별 역할에서 자유로운 세계를 묘사했다.

이 책에 수록한 두 작품은 길먼이 여성의 주체성과 사회적 자리를 어떻게 문학적으로 탐구했는지를 잘 보여준다. 〈누런 벽지〉는 억압의 내부로 침잠하면서 여성이 주체를 상실하는 과정을 추적하는 서사이고, 〈내가 마녀였을 때〉는 그 억압에 대한 외적 전복과 복수의 가능성을 상상하는 서사다. 하나는 '정신병리'라는 진지한 톤으로, 다른 하나는 '마법적 전복'이라는 아이러니한 전략으로 표현되지만, 모두가 여성 억압의 구조를 해부하고 저항 가능성을 사유하고 있다.

하지만 그런 진보적인 사상에도 불구하고, 그녀의 인종과 우생학에 대한 견해는 비판을 받아왔다. 그녀는 《내가 깨어났을 때Moving the

Mountain)를 비롯한 일부 저작에서 사회를 개선하기 위한 사회 개혁의 도구로써 선택적 번식을 옹호했다. 이는 그녀가 살던 시대에 만연했던 인종적 편견과 장애인 혐오 등 우생학적 사고를 반영하고 있다. 이러한 비판 지점은 그녀에 대한 후대의 평가를 복잡하게 만들지만, 그녀가 페미니즘 사상에 기여한 바를 완전히 무색하게 만들지는 않는다. 말년에도 길먼은 계속해서 사회 개혁, 페미니즘, 인권을 위해 글을 쓰고 활동했다. 그녀는 1932년 유방암 진단을 받았음에도 끝까지 자신의 신념과 지적 탐구를 이어갔다. 평소 안락사를 지지하던 그녀는 1935년 고통 없는 죽음을 택하겠다며 클로로포름을 사용해 스스로 생을 마감했다.

샬럿 퍼킨스 길먼은 페미니즘 문학과 사회 사상에 지대한 영향을 미쳤다. 그녀의 작품은 가부장적 규범에 도전하고, 여성의 독립을 장려하며,

미래의 페미니즘 운동에 영감을 주었다. 그녀는 글쓰기와 다양한 사회 활동을 통해 여성 운동의 역사에서 중요한 인물로 남아 있다.

실존과 경계 시리즈 02
내가 마녀였을 때

초판 1쇄 발행 2025년 6월 20일

펴낸이 이혜경
기획·관리 김혜림
편집 변묘정, 박은서
디자인 여혜영
마케팅 양예린

펴낸곳 니케북스
출판등록 2014년 4월 7일 제300-2014-102호
주소 서울시 종로구 새문안로 92 광화문 오피시아 1717호
전화 (02) 735-9515
팩스 (02) 6499-9518
전자우편 nikebooks@naver.com
블로그 blog.naver.com/nikebooks
페이스북 facebook.com/nikebooks
인스타그램 (니케북스) @nike_books
           (니케주니어) @nikebooks_junior

ⓒ 니케북스 2025

ISBN 979-11-94706-06-9 00840

책값은 뒤표지에 있습니다.
잘못된 책은 구입한 서점에서 바꿔드립니다.

김혜림
서울대학교 심리학과를 졸업하고, 미국 하버드대학교 대학원에서 사회심리학 박사과정을 수료했다. 그동안 번역한 책으로 《돌봄의 언어》, 《이중언어의 기쁨과 슬픔》, 《뇌과학의 비밀》, 《올리버의 재구성》 등이 있고, 어린이책으로는 《열두 살 궁그미를 위한 의학아 고마워!》, 《열두 살 궁그미를 위한 정치》, 《차별의 벽을 넘어 세상을 바꾼 101명의 여성》 등을 번역했다.